兒童問題解決系列 ③

我想加入

林玟君 ◆ 譯

2ND EDITION

◆ A CHILDREN'S PROBLEM SOLVING BOOK ◆

I Want to Play

Written by Elizabeth Crary

Illustrated by Marina Megale

譯者簡介

林玫君

現任
國立臺南大學藝術學院院長
國立臺南大學戲劇創作與應用學系專任教授

學歷
美國亞歷桑那州立大學課程與教學組學前教育博士
美國亞歷桑那州立大學戲劇教育碩士

經歷
國立臺南大學幼兒教育學系教授兼系主任
教育部幼兒美感及藝術教育扎根計畫主持人
教育部幼托整合課綱美感領域主持人
國立臺南大學戲劇創作與應用系創系主任
香港幼兒戲劇教育計畫海外研究顧問
英國 Warwick 大學訪問學者

論文及譯著作
幼兒美感暨戲劇教育及師資培育等相關論文數十篇及下列書籍：
幼兒園美感教育（著作，心理，2015）
兒童情緒管理系列（譯作，心理，2003）
兒童問題解決系列（譯作，心理，2003）
兒童自己做決定系列（譯作，心理，2003）
在幼稚園的感受：進森的一天（譯作，心理，2002）
創作性兒童戲劇入門：教室中的表演藝術課程（編譯，心理，1995）
創作性兒童戲劇進階：教室中的表演藝術課程（合譯，心理，2010）
酷凌行動：應用戲劇手法處理校園霸凌和衝突（合譯，心理，2007）
創造性戲劇理論與實務：教室中的行動研究（著作，心理，2005）
幼兒園創造性戲劇理論探討與實務研究（著作，供學，2002）

家長們（或其他的成人）可以教導孩子如何思考

我寫了六本與問題解決有關的書，來幫助孩子學習如何解決社會問題。每本書都在探討一些孩子常常遇到的麻煩，如：和別人分享、等待、慾望、迷路、被取綽號等。孩子在思索書中的問題時，應該會充滿了興致，因為這些書的內容具互動性；它需要小聽眾或小讀者們，主動地幫助故事中的主角做決定並解決問題。

這些書為什麼不一樣

這些書看起來與眾不同，因為它們能發揮不凡的功效。它們以三種方式來教導孩子思考日常生活中面臨的問題：第一，示範「三思而後行」的過程。第二，為孩子提供多樣處理問題的方式。第三，呈現一個人的行為如何影響別人的歷程。研究中顯示，如果一個孩子愈能運用多元策略來解決自己的社會問題，他的社會適應能力就愈好。

如何使用本書

幾乎在每一頁中，你都可以找到一些問題來詢問孩子。在你讀到頁中的黑體字之前，給孩子一點時間思考如何回答這些問題。每一次討論到「抉擇」的部分（灰色欄中），讓孩子自己選擇要怎麼做。之後就翻到他們選擇的那一頁，看看會發生什麼事情。所有的替代方案並無對錯之別，我們只是提供孩子思考的機會。問題的結果能夠讓孩子自我發現——了解為什麼有些方法比另一些方法還有效果。

我也把一些和情緒有關的問題加進去，讓孩子思考當問題發生時，他們對一件事的感受是什麼。其實，

對於事情的感受並無好壞之別，只是這些感覺是真實存在的。能察覺自己感受的能力，可以幫助孩子以符合自己或別人需要的方式，來思考問題解決的策略。

從故事轉到現實的生活

每本書的最後一頁，會邀請小讀者自己列出解決故事問題的其他方法。只要適當的引導，你的孩子可以利用書中的策略，來思考一些自己可能需要解決的問題。對一些不願意談論自己問題的孩子，你可以要他們討論：「如果換成書中的主角遇到這樣的狀況，他會怎麼做？」

透過閱讀這些書，你在幫助你的孩子學習怎麼做決定。更進一步地，你在教導他（她）：「思考和學習是有趣的」。孩子透過思考來學習思考，而不是經由直接的灌輸教導。盡量給予孩子充分練習思考及解決問題的機會。

祝大家玩得愉快！

Elizabeth Crary
西雅圖／華盛頓

「情緒」是人類與生俱有的本能與特點，它是一種複雜又難以用言語形容的生理反應及心理感覺。無論對大人或兒童而言，如何了解及面對自己的情緒是一件重要的事。多數的人都能接受正面的情緒如快樂、高興、喜悅或驚喜；但許多負面的情緒如生氣、悲傷、害怕或焦慮等反應，卻讓人難以接受。因此，當我們聽到孩子哭的時候，常常急著平撫：「乖乖，不要哭。」再不然，就斥責小孩：「哭什麼哭，有什麼好哭的？」當耐心磨盡時，更會威脅著說：「再哭，我就叫警察來抓你了！」通常孩子會愈哭愈大聲，不然就是被迫停止哭泣，但心中的不解與情緒的震撼，始終未被適當地疏導或解決。勉強壓抑的情緒終究會繼續發生，就像是個不定時炸彈，不知何時又會爆發。

許多負面的情緒常是因著一些生活上的問題或衝突未獲解決而產生。在面對孩子的麻煩時，大人常常以簡化的方式來擺平問題，例如在家中或教室裡，我們常會聽到成人要肇事的孩子以「對不起」、「用說的」、或是「下次不可以這樣」來解決問題。而有些大人則認為，孩子應該學著去解決自己的問題，因此，當衝突發生時，就告訴孩子：「我不管，你們自己去處理。」問題是——大人從來沒有提供任何的引導，孩子怎麼知道他可以如何解決當下發生的問題？

從小就很少有人教導我們如何去面對、接受或處理一些複雜難過的情緒與問題。多數人一直被教導著要「知禮守份」，只要乖乖聽話或用功讀書就好，其他的一概不用管，也不需要學。在生活中，「生氣罵人」是大人的權利；而「害怕」、「哭泣」是小Baby的行為。當生氣難過時，我們已經習慣去壓抑這些大人所認為的「不恰當」反應；而當麻煩出現時，我們也學著去忽略或者簡單處理這一些問題。漸漸地，當我們成為父母、為人師表時，在面對孩子的情緒反應及問題行為的當下，我們也不自覺地運用同樣的方法去壓抑這些負面的情緒及生活中的問題。

在今日瞬息萬變的社會中，孩子更是提前面對各類複雜的情緒與問題。家長與教師在處理這些狀況時，不能再如以往，用逃避或壓抑的態度來面對，他們更需要提供孩子各類的機會去了解自己的情緒且學習如何解決因應而生的問題。本書作者Elizabeth Crary就針對這個部分的需要，提供她個人的專業經驗。作者利用故事情境，為成人及孩子提供一個互動討論的空間。透過故事中的替代經驗，孩子得以發現不同的情緒表達方式與不同的行動所產生的後果。除了直接的討論外，筆者也建議成人利用戲劇扮演的方式來引導幼兒。藉此，幼兒更能深刻體認劇中人物的遭遇，並藉此來探討與自己有關的情緒經驗和社會問題。

林玫君

這是一個和宗凱有關的故事。
通常他自己會玩得很高興，
他愛到處跑跑跳跳、爬來爬去，也喜歡玩積木。

但有時候，宗凱卻非常的不快樂，就像現在這樣！
他實在不想一個人玩，他想要和別人一起玩。
小軒和小莊兩個人在一起玩得很高興。
他也想加入。

宗凱該怎麼做，才能和別人一起玩呢？

（等到孩子開始回答你的問題時，請翻到第4頁「如何使用本書」的部分，其中有如何鼓勵孩子思考的建議。）

抉擇

宗凱想出七個點子。他可以——

等別人來找他玩……第10頁
主動問別人……第12頁
威脅別人……第14頁
找其他人一起玩……第18頁
再試試看……第20頁
找人幫忙……第24頁
邀請別人和他一起玩……第26頁

他會先試試看哪個點子呢？

（等待孩子的回答。然後翻到恰當的頁數，繼續這個故事。）

9

等別人來找他玩

宗凱決定在那裡等別人過來找他玩。

他走到小軒和小莊旁邊，然後看著他們搭積木。

他站在旁邊等著他們叫他一起玩。

但是小軒和小莊繼續搭積木，完全沒有理他。

宗凱這時候覺得怎樣呢？

　難過。他站在那裡等小朋友叫他一起玩，但是小朋友卻沒有理他。

抉擇

你覺得宗凱會怎麼做呢？

　　主動問別人可不可以加入⸺⸺⸺⸺⸺⸺第12頁

　　找其他人一起玩⸺⸺⸺⸺⸺⸺⸺⸺第18頁

主動問別人

宗凱決定要問問看小軒和小莊可不可以讓他一起玩。

他跑到小軒旁邊，然後問他：「我可以和你們一起玩嗎？」

小軒回答：「不可以。」

「拜託、拜託、拜託啦！我要當你的好朋友。」宗凱一直求小軒，可是小軒和小莊兩個人卻一起說：「不要跟你玩！」

宗凱現在覺得怎樣呢？

他很生氣，也很難過。生氣的是他已經好好的問他們，可是他們還是不跟他玩。難過的是他還是沒有玩伴，他仍然想要找人一起玩。

抉擇

宗凱現在要怎麼辦呢？

威脅別人

宗凱決定搗蛋，而且要威脅小軒和小莊。

「如果你不讓我玩，我就把你蓋的積木打翻！」他大聲的叫。

小莊說：「不可以打翻，不然我要告訴老師。」

「不！你不可以，你不可以告訴老師。」宗凱說。

他用力一推，把整個積木弄倒了。

宗凱現在感覺怎樣呢？

　　很生氣，因為小軒和小莊還是不跟他玩，而且他很氣小莊要把
　　他推倒積木的事告訴老師。

那小莊覺得怎樣呢？

　　她也很生氣，因為宗凱把她堆起來的積木弄倒了。

（請翻到第16頁。）

15

宗凱、小軒和小莊吵得太大聲了！

老師過來問他們怎麼回事。

小軒大叫：「宗凱把我們的積木推倒了！」

宗凱哭著說：「他們很壞！他們都不跟我玩。」「宗凱，」老師說：「你生氣沒關係，但是你也不可以把人家堆好的積木弄翻啊！你可以想別的方法來讓小軒和小莊知道你很生氣。如果你還找不到事情做，可以來找我幫忙。」

宗凱覺得怎樣呢？

　　既高興又難過。他很高興，因為有人可以幫他的忙；難過的是現在真的沒辦法和小軒、小莊一起玩了。

你喜歡這樣的結局嗎？還是你覺得可以有其他的選擇？

抉擇

如果宗凱想跟別人一起玩，他還可以做什麼事呢？

17

找其他人一起玩

宗凱決定要找別人和他一起玩。

他找到小佩和東穎。他們正在玩小小醫院的遊戲。

「我可不可以當醫生啊？」宗凱問。

可是東穎卻回答：「不！我們不需要另一個醫生了。」

宗凱現在覺得怎樣呢？

　　非常的失望。他好好的問他們，但他們還是不跟他玩。

抉擇

那宗凱現在該怎麼辦呢？

　　　　再試試看 ──────────────────────── 第20頁

　　　　邀請別人和他一起玩 ─────────────── 第26頁

19

再試試看

宗凱決定再試試看。

「我很想要玩,那我可以當什麼呢?」宗凱問。

「你當郵差好了。」東穎回答。

「咦!我以為你們不想和我玩?」宗凱說。

「沒有啊!只是我們不需要另一個醫生了!」東穎回答。

「好吧!那我去找一些信來寄。」宗凱說。

宗凱現在覺得怎樣呢?

很高興。因為終於有人要和他一起玩了。

（請翻到第22頁。）

宗凱跑去把郵差先生的帽子、外套，還有郵差袋、郵差包背起來。

他拿出一封信給東穎。

「謝謝！我們喜歡收到很多的信。」東穎說。

宗凱現在覺得怎樣呢？

很高興。跟別人一起玩真快樂。

你覺得這樣的結局怎樣呢？

如果這些小朋友還是不讓他一起玩，你覺得宗凱還可以做什麼事？

（請翻到第24頁。）

23

找人幫忙

宗凱決定找老師幫忙。

「我很想和別人一起玩，可是沒有人要和我一起玩，我該怎麼辦呢？」他問一個老師。

「嗯！或許你可以——

看看有沒有自己一個人在玩的小朋友，你就可以找他一起玩；

也可以拿些樂器出來，然後找人和你一起玩樂隊遊行的遊戲；

或者自己看故事書，一直到有人準備好要和你一起玩。」

「你可以自己決定要怎麼做。如果你還需要一些意見的話，再來問我。」

宗凱現在覺得怎樣呢？

很難過也很高興。難過的是現在沒有人要和他玩；高興的是他有了一些好主意。

那宗凱現在該怎麼辦呢？

（請翻到第26頁。）

24

邀請別人和他一起玩

宗凱決定邀請別人和他一起組一個小樂隊。他開始找那些自己一個人在玩的小朋友。

他看到小蓉一個人在拼拼圖。

宗凱問：「妳要不要加入我的樂隊？可以隨便選妳想要的樂器哦！」

「好啊！那我要鈴鼓。」小蓉很熱情地回答。

宗凱現在感覺怎樣呢？

快樂。他覺得有人能和他一起玩真快樂。

接下來會發生什麼事呢？

（請翻到第28頁。）

小軒和小莊最後終於完成了他們的積木。

小莊這時候就到處晃來晃去，看看其他小朋友在做什麼。

她看了一下宗凱和小蓉，然後問：「我已經不玩積木了，我可不可以加入你們的樂隊？」

「好啊，」宗凱回答：「我們大家可以一起玩啊！」

宗凱現在覺得怎樣呢？

很快樂。現在有兩個小朋友要和他一起玩。他們可以一起演奏音樂，玩得更起勁了。

（請翻到第30頁。）

29

所有小朋友都玩在一起，而且變成一個大樂團。

他們把聲音弄得很吵，玩得很起勁。

宗凱現在覺得怎樣？

　他很高興，因為現在有一堆小朋友要和他一起玩。

你喜歡這樣的結局嗎？

想法欄

以下是宗凱想到的主意。

你可以開始列下一些自己的想法，當你想要和別人一起玩的時候，可以做些什麼事？如果隨時有新的點子，可以再加上去。祝你玩得愉快！

宗凱的想法

✔ 等別人來找他玩

✔ 主動問別人

✔ 威脅別人

✔ 推倒積木

✔ 找其他人一起玩

✔ 再試試看

✔ 找人幫忙

✔ 邀請別人和他一起玩

✔ 組一個樂團

你的想法

✎ _____

✎ _____

✎ _____

✎ _____

✎ _____

✎ _____

✎ _____

✎ _____

✎ _____

✎ _____

✎ _____

兒童問題解決系列 52020

我想加入

作　　者：Elizabeth Crary

插　　畫：Marina Megale

譯　　者：林玫君

執行編輯：陳文玲

總 編 輯：林敬堯

發 行 人：洪有義

出 版 者：心理出版社股份有限公司

地　　址：231 新北市新店區光明街 288 號 7 樓

電　　話：(02) 29150566

傳　　真：(02) 29152928

郵撥帳號：19293172　心理出版社股份有限公司

網　　址：http://www.psy.com.tw

電子信箱：psychoco@ms15.hinet.net

駐美代表：Lisa Wu (lisawu99@optonline.net)

排 版 者：博創印藝文化事業有限公司

印 刷 者：博創印藝文化事業有限公司

初版一刷：2003 年 1 月

初版八刷：2016 年 3 月

I S B N：978-957-702-548-7（全套）

定　　價：新台幣 650 元（全套六冊，不分售）

解決社會問題⋯⋯

兒童問題解決系列　教導兒童思考他們所遇到的問題。每個互動性的故事可讓讀者選擇主角的行動，並且知道結果為何。適用年齡為三至八歲。

本系列由 Elizabeth Crary 撰寫，Marina Megale 繪圖，林玫君翻譯。

52021　美美和咪咪都想玩小貨車

52022　小珍不喜歡被小迪叫笨蛋

52023　宗凱不想一個人玩，他想和別人一起玩

52024　修文的媽媽準備要出門，他感到難過又害怕

52025　琪美正在玩跳跳床，小志也想玩，他等不及了！

52026　佳佳和爸爸在動物園走失了，她很擔心找不到爸爸

應付強烈的情緒……

兒童情緒解決系列 介紹六種強烈的情緒。孩子可以從書中發現安全且具有創造性的方式來表達這些情緒。每個互動性的故事可讓讀者選擇主角的行動,並且知道結果為何。適用年齡為三至九歲。

本系列由 Elizabeth Crary 撰寫,Jean Whitney 繪圖,林玫君翻譯。

52011 我好生氣

52012 我好沮喪

52013 我好得意

52014 我好害怕

52015 我好興奮

52016 我好氣憤

解決人際關係的困擾……

兒童自己做決定系列　教導兒童去思考他們和其他兒童相處時可能遇到的問題。每個互動性的故事都可讓讀者選擇主角的行動，並且知道結果為何。適用年齡為五至十歲。本系列由 Elizabeth Crary 撰寫，Susan Avishai 繪圖，林玫君翻譯。

52031　有人偷了心怡的醃黃瓜，她該怎麼辦呢？

52032　小威需要安靜，他的妹妹想要玩——現在，他該怎麼辦？

52033　芳芳的一個同學總是從她頭上搶走她的帽子，她該怎麼辦？

52005　在幼稚園的感受：進森的一天

　　讓我們跟著進森走入他的幼稚園，去體驗一個四歲大的孩子，在學校一天生活中可能發生的狀況與感受，包含生氣、驕傲、及各種複雜的心情。透過老師的幫忙，進森慢慢練習用言語來表達他的感受。老師可以試著拿進森的例子和幼兒討論他們的感覺。在學前的階段，如何妥善表達及處理自己的感覺是非常重要的學習經驗。

　　本書由 Susan Conlin 與 Susan Levine Friedman 撰寫，M. Kathryn Smith 繪圖，林玫君翻譯。